女《おんな》の子《こ》とバケツのおはな

ちかな

みらい
PUBLISHING

あるところに、
一人《ひとり》の女の子がいました。

女の子は、とってもおしゃべりで、
好奇心《こうきしん》がいっぱいで、
質問好《しつもんず》きで、
何にでも興味《きょうみ》を持ち、
いつでもやりたいことがいっぱいありました。

小学校の臨海学校《りんかいがっこう》のときのことです。

夜、布団《ふとん》の中でおしゃべりになりました。
みな夢中《むちゅう》になって話しました。

あとで、先生から、女の子だけが叱《しか》られました。

「みんなでしゃべっていたのに……」

「いいえ、あなたの声しか聞こえませんでした」

女の子はびっくりしました。

あるとき、保健体育《ほけんたいいく》の宿題がありました。
自分の生まれたときからの成長《せいちょう》の記録《きろく》を、年表のように書くのです。知らないことは親に聞きます。

「ねえ、お母さん。私の第一次反抗期《だいいちじはんこうき》って、いつごろだった？第二次反抗期《だいにじはんこうき》はいつから？」

するとお母さんは答えました。

「あなたは生まれたときからずーっと反抗期《はんこうき》よ！」

「もう〜、お母さんったら！」

しかたがないので女の子は、自分で想像《そうぞう》しました。
反抗期《はんこうき》を適当《てきとう》に記入したのです。
面白《おもしろ》くなって、ついでに、
ありもしない出来事や思い出を作り上げて、
下手な字でたくさん書き込《こ》みました。

女の子はとても満足《まんぞく》しました。

もう自分の成長史《せいちょうし》は生まれたときからずーっと反抗期《はんこうき》なんかじゃなく、

怪我《けが》をしたり、可愛《かわい》いことや面白《おもしろ》いことがあったり、
いろいろなことがあるのです。

けれども、保健体育《ほけんたいいく》の先生とお母さんは、
カンカンになりました。

「そんなウソを書いてはいけません」
と先生。

「そんなウソを書くくらいなら、
あなたが本当にやったたくさんの変《へん》なことを書きなさい」
とお母さんは言いました。

女の子は、学校の図書館に行きました。

大好《す》きな本棚《ほんだな》に向かっていると、

図書館の先生に呼《よ》び止められました。

先生は、

保健体育《ほけんたいいく》の先生からきっと話を聞いているのです。

ここ数日、先生たちが女の子を見る目が、

ちょっと違《ちが》うのを感じていましたから。

女の子はしかたなく、図書館の先生に向き合いました。

不思議《ふしぎ》なことに、

先生はいつものようにニコニコ笑《わら》っています。

そして、文学の棚《たな》の前で両手を大きく広げて、こう言ったのです。

「ここに並《なら》んでいる本の半分は、『ウソ』を書いているのよ」

女の子はびっくりしました。

先生は、今度は別《べつ》の棚《たな》に体を向けて言いました。

「そして残りの半分は、『事実』を書いている本よ。図書館にはこの二種類《しゅるい》の本が集まっているの」

それから、まるで重大な秘密《ひみつ》を明かすように、

「ウソもホントも、人間には必要《ひつよう》なの。この本たちは、ウソとホントで、人間を表現《ひょうげん》しているの」

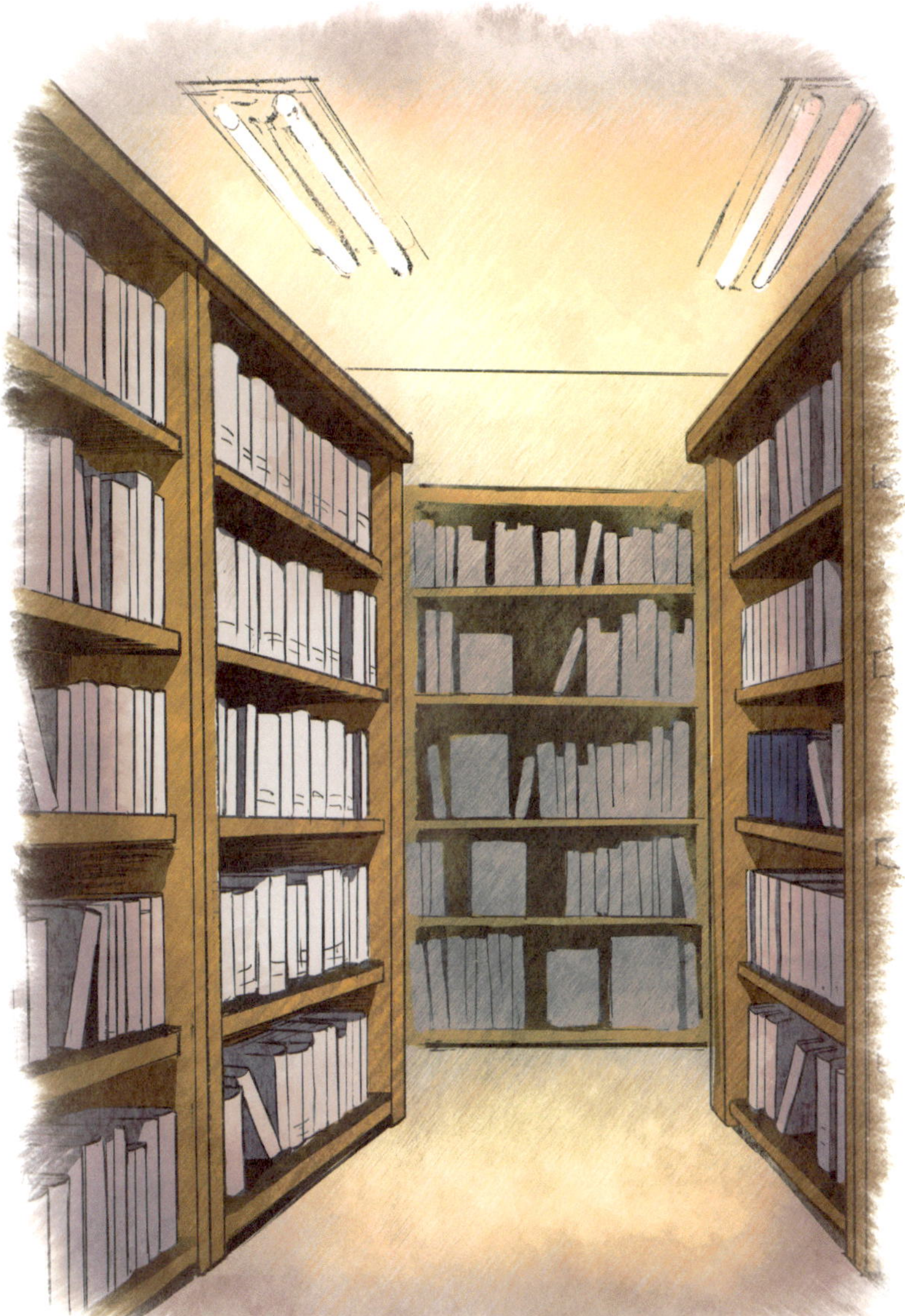

先生は、とても有名な作家や文豪《ぶんごう》の名前をあげて、

「あんなすごい人も、小さいころはウソつきと言われたことがあるのよ」

となぐさめてくれました。

「人間はウソで真実を表現《ひょうげん》することもある」

先生の言葉は、女の子の頭の中で、様々《さまざま》に変化《へんか》して巡《めぐ》っていきました。
女の子にはたくさんの質問《しつもん》がありました。
でも頭の中で、ぐるぐる回って言葉になりません。
いろんなことを聞きたい、言いたい女の子の顔を見て、先生は言いました。

「コツがあるのよ」

「理科の先生が、
あなたの『月下美人《げっかびじん》の観察日記《かんさつにっき》』は
とても素晴《すば》らしいと言っていたわ」

それは、
女の子が夏休みに書いた宿題のことです。

女の子の家の隣《となり》には、同じ年頃《としごろ》の姉弟がいて、三人は仲良しでした。
その家のお母さんが、庭にある月下美人《げっかびじん》は、
夏の夜の月の出るころに咲《さ》く白い花だと教えてくれました。
だから夏休みに、三人で一緒に、
花が咲《さ》くまで寝《ね》ないで起きて待っていたのです。

時間や温度を測《はか》って数字を書いて、月がどのくらいの高さだったか、
その時に花はどのくらい開いていくのかを、記録《きろく》しました。

月下美人《げっかびじん》は、本当に夜に咲《さ》きました。

三人はそれぞれ自分で観察日記《かんさつにっき》を仕上げました。

カメラはなかったので、女の子は時間順《じゅん》に開きかけた花や、開ききった花を絵に描《か》いて、並《なら》べました。

そしてその下に、時間や温度や、その他のことを書いたのです。

我《われ》ながら、力作《りきさく》だと思いました。

「だって、あれはホントのことだもん」

「そうね。あれが『事実で真実を表す』ということよ」

それから、先生はまた言いました。

「そうそう、あなたが毎回、
交換日記《こうかんにっき》に書くアリの話はどうなの？」

女の子のクラスでは、担任《たんにん》のヒトミ先生と交換日記《こうかんにっき》をします。
毎日の出来事を書くのも限《かぎ》られているので、
あるとき、庭で見たアリのことを書きました。

ヒトミ先生があのアリはどうなったのかしら、
と書いてくれたので、
それから女の子は想像《そうぞう》でアリの世界の話を書き続《つづ》けました。

アリの世界では、女王が働《はたら》かないアリたちの反乱《はんらん》にあっています。

アリに女王アリや働《はたら》きアリがいるのかなんて、
女の子は知りません。

「だって、あれは『おはなし』だもん」

「そう、そうよね。あれは、あなたの想像《そうぞう》よね。私も読んだわ。続《つづ》きが知りたくてたまらないわ」

「あれは、続《つづ》けて自由に書いていいってヒトミ先生が言ったよ」

「そう。それが、ウソで何かを表現《ひょうげん》しようとすることよ。ヒトミ先生はね、あのおはなしのこと、職員会議《しょくいんかいぎ》でしていたわ」

職員会議《しょくいんかいぎ》の話題になっているなんて、女の子はびっくりでした。

ヒトミ先生はやっぱりわかってくれている、と思いました。

図書館の先生は、女の子を見つめて言いました。

「いいことを教えてあげる。

ウソを書いた本はウソだとわかるように印《しるし》があるの。

ホントを書いた本にも、

『これはホントです』という印《しるし》があるの」

女の子にもなんとなくわかっていたのです。
本棚《ほんだな》の位置《いち》で違《ちが》いがあることが……。

女の子は、文学の棚《たな》が大好《す》きでしたが、時たま、図鑑《ずかん》や百科事典《ひゃかじてん》の棚《たな》の方に行くことがありました。

「あなたもこれからは、これは『ウソです』『ホントです』という印《しるし》を気にかけること。それから、ホントの話をするときには、ウソを混《ま》ぜないこと。あ……でも、ウソにはホントを混《ま》ぜてもいいのよ」

図書館の先生が、
とっても凄《すご》いことを教えてくれたのです。

おはなしには印《しるし》があること、
ホントの話をするときは
ウソを混《ま》ぜないようにすること、
この二つは大事なことだとわかりました。

女の子はずいぶんと大人になり、
別《べつ》の街《まち》に行くことになりました。
見るもの聞くものがすべて、
女の子が育ったところとは違《ちが》っていました。

女の子は、ウソとホントの印《しるし》に気をつけながら、
いろいろ聞いて回りました。

動くと頭をぶつけることもありますし、
誰《だれ》かを傷《きず》つけることも、
自分が傷《きず》つくこともありました。

あるとき、今までのように、
何かについて不思議《ふしぎ》に思ったことを質問《しつもん》しました。
すると相手は怒《おこ》りだしました。
「なんて、素直《すなお》じゃない人なの！」

女の子は、質問《しつもん》をして怒《おこ》られる経験《けいけん》を初《はじ》めてしました。

自分のやりたいことや夢《ゆめ》を話すと、
バカにされたり笑《わら》われたりすることもありました。

「女の子がそんなこと、出来るわけがないでしょ」

想像《そうぞう》したことや、未来《みらい》の物語を話すと、相手にしてくれません。

「そんなこと、あるわけないでしょ」

女の子は言葉遊びが好《す》きなので、
自分で作った言葉を使うこともありました。

自分ではとても独創的《どくそうてき》だと思っていたのです。

でもそれを聞いた人は言いました。

「そんな言葉はないわよ。もっと勉強しなさい」

質問《しつもん》の仕方がまずいから怒《おこ》られるんだ、
疑問《ぎもん》のぶつけ方を変《か》えればいいのだ、と
自分なりに発見して、喜《よろこ》んだこともありました。

でもたいていの場合は、わかってもらえずに苦しかったのです。

女の子はとうとう、この場所で、大人の世界で、
自分が生きていく方法《ほうほう》を見つけました。

毎朝、自分の頭の中にあることや考えたことを、
バケツいっぱいに入れて、ドブに捨《す》ててしまうのです。

そうすると、その一日が楽になりました。

考えたこと、想像《そうぞう》したこと、寝《ね》ている間に思いついたこと、
誰《だれ》かに言いたかったこと、テレビを見て感じたこと、
自分が作った話、アイデアや工夫《くふう》、おかしな言葉、
それをぜ～んぶ、バケツに入れて捨《す》ててしまうのです。

毎朝、捨《す》てても翌日《よくじつ》にはいっぱいになるバケツの水を、
毎朝、別《べつ》のもので溢《あふ》れる水を、
女の子は捨《す》てました。

この方法《ほうほう》は、とてもよかったのです。

もちろん、バケツの水を捨《す》てることは少しは惜《お》しく感じました。
でも、毎朝捨《す》てれば、一日とても気持ちよく過《す》ごせるのです。
毎朝捨《す》てても、翌日《よくじつ》にはまた水があるのです。

時には、朝に、バケツの水を何杯《なんばい》も捨《す》てることがありました。

でも、もうこの世界で苦しむことなく生きていけるのです。
質問《しつもん》して怒《おこ》られることもありません。
夢《ゆめ》を語って笑《わら》われることもありません。
何かアイデアを話して、不思議《ふしぎ》がられることもありません。
バカな人を見るように哀《あわ》れな顔をされることもありません。

とても、とても、いい方法《ほうほう》でした。

しばらくたって女の子は、
自分の話を笑《わら》ったりしない人と親しくなりました。

男の子の親友ができたのです。

その人は、出会ったときから、
女の子のことをとても美しく「誤解《ごかい》」してくれました。
女の子がうっかりもらす言葉や、つい話すことを、全部、
とても良《よ》いと思ってくれるのです。
その「誤解《ごかい》」はとても素敵《すてき》だったので、
女の子は嬉《うれ》しくて楽しくて、ちょっとくすぐったい気持ちでした。

ある日のことです。

「なんて悲しい話だ」

男の子は言いました。

「ぼくが聞いたなかで、一番悲しい話だ」

いつも、喜《よろこ》んで話を聞いてくれる人なのに、

悲しいって、なんのことかしら。

「毎朝、バケツの水をドブに捨《す》てていたなんて、こんな悲しい話は聞いたことがない」

彼《かれ》は、本当に悲しそうでした。

女の子は困《こま》りました。

「だって、私が考え出した一番いい方法《ほうほう》なのよ」

女の子を見つめて彼《かれ》は言いました。

「ねえ、そのバケツの水はとても貴重《きちょう》なんだよ」
女の子は、泣《な》きたくなりました。
「それじゃあ、バケツの水をドブに捨《す》てるのではなく、
紙の上に落としてごらん」

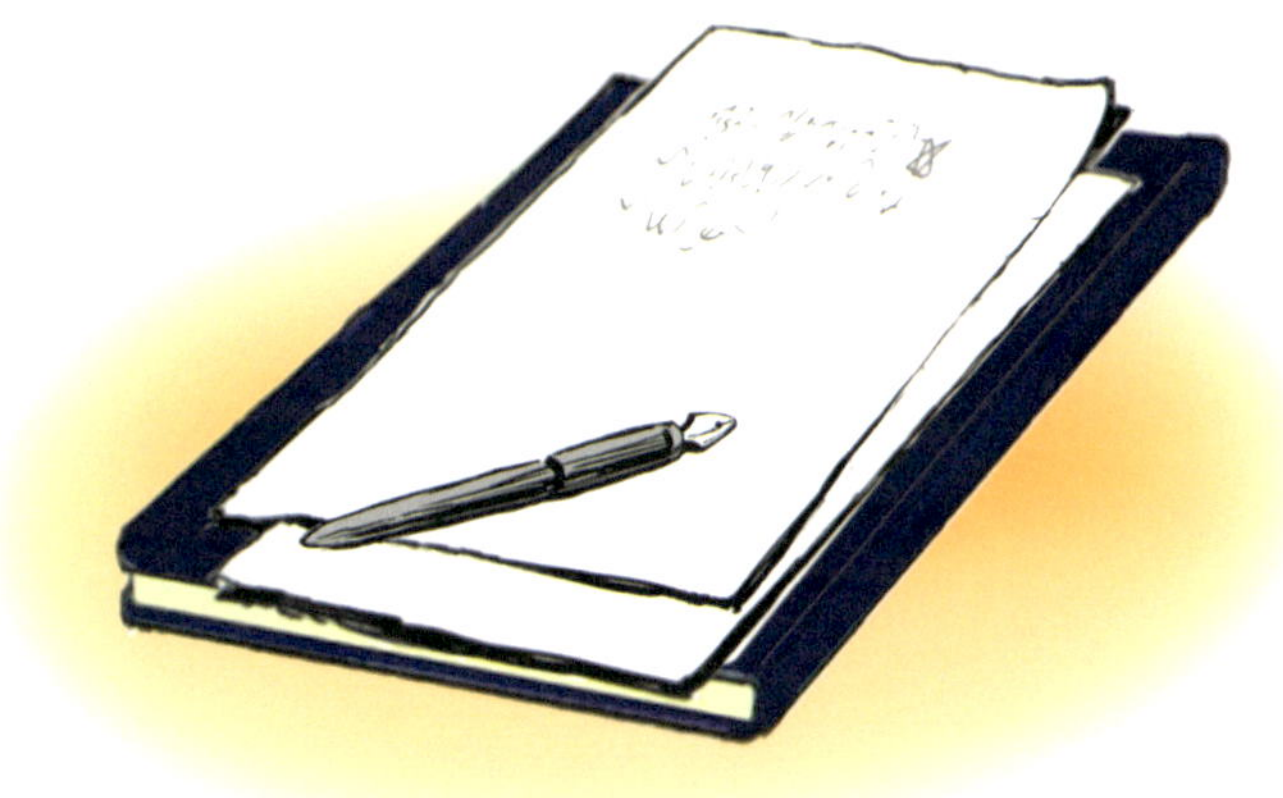

なるほど。
とてもいいアイデアです。どうして今まで思いつかなかったのでしょう。
そこで女の子は、紙に落とすことにしました。

ドブに捨《す》てる方法《ほうほう》に慣《な》れていたので、
バケツの水を紙の上に落とすことは、最初《さいしょ》は難《むずか》しく思いました。
でもすぐに慣《な》れました。慣《な》れると、意外に出来るものです。

それからは、朝、お昼、真夜中、
いつだってバケツの水がいっぱいになったと思ったら、
紙の上に落としていきました。

女の子は、バケツから湧《わ》き出る、
ウソもホントも、ぜ〜んぶ、紙に落としました。

たくさんのウソの話が、たくさんのホントの言葉が、
バケツから出てきます。

ウソやホントの印《しるし》にも気をつけて、女の子は表現《ひょうげん》していきました。

もう、楽しくて楽しくて、たまりません。

ある朝、女の子は、
バケツの水を紙の上に落とそうとして、
ふと思いました。

毎日捨《す》てるのに、どうしてまた、
いっぱいになるのだろう……。

そこで女の子は、初《はじ》めて、
バケツの水を、
上から覗《のぞ》いてみました。

その水は、青く、ときに翠《みどり》で、
広く、透明《とうめい》にきらめきました。
それは、女の子が生まれた島の、海でした。
その水は、碧《あお》く、白く、
深く、ゆらめいて丸く光り輝《かがや》きました。
それは、テレビで見たことのある
地球でした。

その水は、蒼《あお》く、ときに暗く、遠く、
そこにいくつもの星が
輝《かがや》いています。

それは、図鑑《ずかん》で見たことのある、
宇宙《うちゅう》だったのです。

バケツの中の水が、尽《つ》きないはずです。
水は、海から、地球から、
宇宙《うちゅう》から来ていたのです。

そして女の子は気づいたのです。

私だけじゃない。

みんなバケツの水を捨《す》てている。
誰《だれ》もが知らずに捨《す》てている。

女の子は、たくさんの友だちを思い出しました。
たしかに毎日バケツの水を捨《す》てているのです。

女の子は言いたくなりました。

バケツの水を捨《す》てないで。

女の子は、いろんな思いでいっぱいになった
バケツの水を紙に落としました。
溢《あふ》れるバケツの水をカタチにしたのです。

隣《となり》のミチコちゃんは、
女の子だからと上の学校にいけませんでした。
でもとても素敵《すてき》なバケツを持っています。

向かいのヤスシくんは、
お金がないのですぐに働《はたら》きに出ました。
今はバケツの水を使いません。

同じクラスのユウちゃんは、家の仕事を継《つ》ぎました。
本当は、別《べつ》のバケツを持っていたのに。

ケイさんは、奥《おく》さんだからと、夫《おっと》のバケツを大事にして、
自分のバケツの水は捨《す》てています。

ヒロミさんは、
バケツの水が空になったと思って困《こま》っています。

「そんなバケツの水は捨《す》てなさい」と言ったお母さん。

女の子は自分のバケツの水を空け続《つづ》けました。

いろいろな考えが
いろいろな夢《ゆめ》が
いろいろなアイデアが
バケツから出てきます。

すると、バケツの水はついに一つのイメージに変《か》わりました。

海が見える高台に、
素敵《すてき》なキャンパスの学校があります。

女の子は
はじめての卒業生《そつぎょうせい》を目の前にしています。
学校が出来て、四年がたっていました。

学生たちは、
自分がバケツの水を持っていることを知っています。
バケツの水をカタチにする方法《ほうほう》を、ここで学びました。
学生たちは、これから生きていく場所で、
自分のバケツの水をカタチにしていくのです。

みんな目がキラキラ輝《かがや》いています。
女の子も、目がキラキラ輝《かがや》いています。
バケツが新しいものでいっぱいになったのを見て、
わくわくしているからです。

あなたもバケツを持っています。
あなたのバケツを見てください。
あなたのバケツの中には何が見えますか？

あとがき

あなたに確かにある才能に、あなたは気づいていますか
あなたに確かにある潜在能力に、あなたは気づいていますか
あなたの生命力が、あなたは見えますか
あなたの回復力が、あなたは見えますか

あなたの哀しみは、あなたと誰かの力になることを、知っていますか
あなたの苦しみは、あなたと誰かの力になることを、知っていますか

あなたは、あなたの人生から愛されています
あなたは、あなたの運命から愛されています

それら全ては、あなたの中に、あなたの手に、あります
汲めども尽きない、あなたの生命の中に

私は、あなたのために、この本を書きました
私は、いつかあなたに会うのが楽しみです

この本の思いを形にするために、心を尽くしてくださった、みらいパブリッシングの佐井亜紀様、とうのあつこ様、株式会社マーケットエンの加藤節子様、吉村欣子様、イラストで尽力頂いた堀貴代美様に感謝します。

そして、この本が手刷りの絵本だった時から、惜しみなく、そのバケツの水を注いでくれた小澤唱子さんに心から感謝します。

この本を、上原雅子・田中延幸ご夫妻（故人）、名嘉久美子さん（故人）に捧げます。

こえちかな

沖縄県出身。中国語同時通訳者。公共経営アドバイザー。社会起業家・経営者。早稲田大学公共経営大学院修了。保育士、保育園理事長として、神奈川と沖縄の4つの保育所にて乳幼児教育に携わる。本名及び他のペンネームで執筆活動中。日本広報学会会員（学術団体）。日本こども学会会員（学術団体）。

女《おんな》の子《こ》とバケツのおはなし
2024年11月22日 初版第1刷

著　者　こえちかな
発行人　松崎義行
発　行　みらいパブリッシング
〒166-0003 東京都杉並区高円寺南4-26-12 福丸ビル6階
TEL 03-5913-8611　FAX 03-5913-8011
https://miraipub.jp　MAIL info@miraipub.jp
企画協力　Jディスカヴァー
編　集　佐井亜紀　とうのあつこ
イラスト（原画）　堀 貴代美
ブックデザイン　洪十六
協力　株式会社マーケットエン　加藤節子
株式会社マーケットエン　吉村欣子
株式会社ベースリンク　小澤唱子
発　売　星雲社（共同出版社・流通責任出版社）
〒112-0005 東京都文京区水道1-3-30
TEL 03-3868-3275　FAX 03-3868-6588
印刷・製本　株式会社上野印刷所

ISBN 978-4-434-34878-5 C8093